KB168261

마음의 집

마음의 집

박현태 시집

토담미디어

나에게 시는 자유다.

일상에 주어진 유한의 삶을 무한의 세계에 방목해 보는 것.

속박으로부터 자유로워지려는 상상,

생각과 삶에게 날개를 달아보는 것.

그리하여 세상의 간섭에게

세계의 경계에게

상상을 가로막는 계시적 율법에게

마음의 순수를 길들이는 관습에게

자연과의 혼연을 저해하는 문명에게

본능이 계도 당하는 육체의 훈련에게

우주와 시공의 초월적 신비에게

그런 공포와 미궁에, 탐매하는 매력과

발정하는 유혹에, 절망에 방황하는

고독한 혼에게, 미지와 불가능의 도전에게

벌거벗은 생각으로 탐닉해보려는…

그럼에도 시에게 묻기만 할 뿐 정답을 요구하지 않는다.

나는 플라톤이나 프로이드를 배제하거나 혼재하지 않는다.

또한 논리가 환상을 정리한다는 생각도 하지 않는다.

나는 꿈과 현실을 의도적으로 착각하지 않는다.

시에 영역을 두지 않으며

쓰기만할 뿐 결과를 묻지 않는다.

내게 시는 그런 것이다.

차례

序_책머리에 ·005

1부

6

2부

3부

1부

기우제 그 후

비 오신다
하늘을 뚫고
지평선이 기울도록
쏟아지는 비
어둠 속 공룡의 눈알처럼 빛을 내며
지구가 두둥실 떠내려 가도록
쏟아지는 비……

5월이 가네

새파란
구름 한 점
하늘을 건너가네

세상사
모두 잊고
오월이 가고 있네

좋은 하루 되세요

촛불처럼

세상의 어둠을
스스로 태우는
저
영롱한 시간의 점멸을
우리는 촛불이라 한다

나는 지금 사랑을 꿈꾸는
시의 시간입니다.

12월 명상

십이월이 왔다
긴 기다림 끝에 드디어처럼 왔다
눈이
미하일 알렉산드로비치
고요한 돈강의 새벽처럼 내리고
12월 8일은
내가 태어난 날, 미역국을 끓인다
엄마와 나는 미신을 신앙으로 믿었다
창문 앞으로 돈강이 흐르고
하얀 백양나무 숲으로
솔로호프의 소설이 지나간다
독일 탄광에 박아두고 돌아온
청년시대의 트라우마가 불현듯
곁에 와 서는데
미역국은 순식간에 끓고
세상이
혼자인 내게 12월을 보냈다.

마음의 집

마음으로 집을 짓는다

마음의 집은 마음 혼자 짓는다

목수도 조력자도 없이 마음대로 짓는다

밤새 짓고 헐고, 헐고 지어도

마음 외의 재료는 들지 않는다

착공도 준공도/ 크게도 작게도 제 맘이고

우주를 정원으로 삼거나

세계를 몽땅 집어넣어도/ 비좁거나 넘치지 않으며

젖고 마르는 데도

계절에 눈치 없이 마음대로다

하룻밤 새 수 천 채를 짓고 허물어도

대역도 조력자도 두지 않는다

다만, 마음이 짓는 가장 아름다운 집은/ 무심함이고

끝내

마음만이라는 걸 알게 한다.

보름달

항아리 같은
달이
두둥실
중천에 떠서

앞서가는 여인의
엉덩이를
둥글게
비쳐주고 있다.

사랑의 미래

방금

낳아

따뜻한

닭 알의 속살처럼

노랑과 하양이

얼싸안은

우리 둘의

정갈한 첫 사랑.

가난한 웃음

백지 같은 오월 오후
꽃 진 대궁이 동승童僧 머리 같다

어떤 웃음이
저토록 청빈할 수 있을까

우리 사는 세상
빈손을 흔들어
봄을 보내는데

날 저물며 바람 분다
비가 오려나

꽃 지운 가지들
초록 몸을 흔든다.

세상 건너편

꿈을 깬 나비가
장딴지를 걷어붙이고
호수를 건너고 있다
새벽 별들 떠나고
입을 다물고 있는 물면 위로
물수제비뜨듯
번갈아 두 날개로 밟아
꽃들이 기다리는 건너편 세상으로
깨금발로 뛰어간다.

바람의 자유

바람이 지 맘대로 가는데

나무들 막아선다

긴 팔을 뻗어

우우 소리를 내며 몸을 흔든다

골목의 현수막

긴 소매를 잡고 펄럭이고

간판들 도리질로 웃고

낙화처럼 휘날리는 휴지떼들

불어라 바람아—

세상이 문을 열고 소리친다

자유란 그대의 몸짓이 휘날리는 거.

그때가 되면

아직/ 깨어나지 않은

봄꽃과

아직/ 준비조차 하지 못한

여름 꽃과

아직/ 꿈조차 꾸지 않는

가을꽃과

눈이 오거들랑

상고대 얼음꽃과

아직/ 차례 앞에 총총한/ 그때가 되면

묻는다/ 나도 한 송이 꽃으로

세상 한켠에서 필 수 있을는지 말는지.

산문散文의 시간

맛있는 시간을 복제한다

자스민 꽃잎 만졌더니 자스민향 따라온다

손녀의 폰에서 달려온 소리가 나긋나긋 자란다

추억 속 청춘이 비스킷처럼 바삭바삭 부서진다

반찬 없는 식탁을 하얀 우유가 대신한다

TV 드라마를 켜둔 채 아내는 외출했다

참새가 앉았던 자리 하루 종일 비어 있다

라즈베리 붉은 색을 맛본 후 더 빨갛게 늙는다

시를 쓴다

수필 같은 시간을 불러내어

능안공원 뒷길을 뒷짐 지고 걷는다

봄꽃들 흐드러지게 피어

놀란 눈을 붙들고 놓아주지 않는다.

비가 오면 젖는다

비가 온다
시를 쓴다
시 대신
비가 내린다
내리는 비가
조금씩
시가 된다.

서시

오늘 밤 눈 내리고
무심한 나는
한 줄의 시를 쓴다

시인은 시를 써야 하는데
반주 한 잔에 꼬부리고 누워
따뜻한 전기요에 몸을 굽는데
눈이 내리고
몰래 듣는 이야기같이
궁금한 세상사 들어보기로 한다

일상의 무위를 견디는 일
버거워지는 나이를 용납하는 일
헤픈 일상을 반추해보는 일들을
시로 쓴다

눈을 반기듯

세상이 조금씩 하얘지고 있다

일생 중 지금이 가장 평온한 한때

시 한 줄 쓴다.

좋은 인생

세상이 어둑어둑 저물기에
커튼을 내리고 전등을 켠다
아침이 스물스물 밝아지기에
커튼을 올리고 전등을 끈다
한평생 사는 게 이러느니 한다.

강에 가는 길

길을 묻는다

물은
강에 이르고

강은
바다에 이른다

자연은 순리다
삶에는 상선약수上善若水다.

나무들 사이에

젓가락 같은 햇살이
가지 사이로 반짝인다
나무와 풀들이
세상의 한켠에
초록집을 짓더니

내가 그곳에 갔을 때
사람인줄 모르고
서로의 창을 내어
곁을 내어주더라.

아프리카에 가고 싶다

찰랑찰랑 파도가 졸기에
정강이를 걷어붙이고
대양을 건넌다
잠든 바다가 깨지 않게
물새처럼 얕게 담구고
수평선 너머
지나해支那海를 거쳐
아프리카로 간다.

초원의 꿈

햇빛 푸르른 날
부신 눈 가늘게 뜨고 봄을 본다
지평으로 저무는 오월 머리에
하얀 설산 공중 높이 떠 있고
날개 편 수리가 바람을 타고 있다
지금은 명상에 잠길 때가 아니다
지상이 가장 아름다운 시간
어느 땅에 발품을 팔아도 즐거운 날
같은 꿈을 꾸며 부르는 합창처럼
세상의 문을 우렁우렁 두드린다
해빙을 벗어나는 강물 소리
따뜻한 초원 위를
걸어오는 메아리를 본다
이제 곧 속절없이 무더워질지라도
꿈이 꽃피는 하루가
평생의 전부보다 더욱 곱다.

가을비

밤 깊은데 비 온다

외등 밑에서
밟히는 빗소리

누가 온다

우산을 받쳐 든 하얀 손목에
사선을 그으며

가을비 온다.

솔베이지를 듣다

그리그의 솔베이지송을 듣는다

다시
듣는다

비가 그친다

턱을 고이고
남은 소리를 듣는다

잠이 온다

잠결에, 다시
솔베이지를 듣는다.

움직이는 지구

달팽이가 간다
기어서 간다

무엇 때문에 어디로 가는지
말도 없이 몸만 간다

꼬부라진 등 위에
꼬물거리는 세상을 얹고

가다가 쉬면서
더듬더듬 하늘을 쓰다듬으며 간다

달팽이가 달팽이를 움직일 때마다
그만큼의 지구가 옮겨지고 있다.

밤에 내린 눈

아침 문 앞에
하얀 눈이
택배처럼 와 있다

우리 잠든 사이에
하늘이 부치신 은총
소복하게 배달돼 있다.

발정의 계절

봄이다

발정의 계절

대지의 삭신에 얼음이 녹는다

따끈해진 핏줄이 흙덩이를 헤집어

숲속 애벌레들이 스멀거리기 시작하면

양지 돌 틈이 벌어진다

산천을 분별없이 쏘다니는 발정 난 바람이

들이대고 쑤시면

주저앉은 바위가 일어서고

숲이 터지고 강물이 넘치면서

요동하는 지심이 호빵처럼 부풀도록

산지사방 들볶아서

고목에도 초록이 움트고

늙은 나무가 두근두근하는 때⋯

가을 노을에

가지 끝에
홍시
하나
샛빨갛게

낙하 직전
찰라가
황홀하게
달렸다.

시월

바람이 자꾸 부스럭인다

햇밤 한 알
쾅! 땅을 친다

아, 가을이구나

쇠가죽 같은 밤 껍데기
시린 어금니로 깨물었더니

상큼한 밤 살
아나스타샤 볼떼기처럼 씹힌다.

초막골 시화전

그곳에
시가 있다 하기에
살금살금 갔더니
바람길에 외둘러
친구들이 서 있다

제목 밑에 이름표를 달고
차렷자세로
속내를 드러내 보이고 있는 시들에게
일일이 정담을 나누는 동안
산은 내려오지 못하고
골짜기 뒤에 서 있다

보름을 품은 달덩이
둥근 배를 껴안고
힘겹게 구름계단 올라가고 있다
〈

가을 오는지

약간 쓸쓸할 즈음

초막골 귀뚜라미들이

시를 외고 있다.

저녁답에

새들이 낮게 날아 둥지로 가네
오일장 가신 아버지
간갈치 한 손 빈 지게에 달고 오네
요란하게 떨어지던 고드름 다시 어네
누나의 손에 잡혀 동구 밖에 나가네
들에 나갔던 엄마 툭툭 수건을 털며 오네
70년 세월이 바람처럼 지나갔네
외출 간 아내 여태 돌아오지 않네
어두워지네
가로등이 켜지네.

가을 저녁에

기러기 비거리는 구만리
한 패거리 전설이 날아간다

막 닫히는
하늘 속으로
엘리나 코츠카르가 지젤을 추며 간다

가을이
익을대로 익어
눈물처럼 쏟아지려 한다.

수평선

군청색 신기루가
밀어도 밀리지 않고
당겨도 당겨지지 않는
아득한
수평선
그리운 세월
미동의 향수鄕愁같다.

생각하는 꿈

날지 않는 자 추락하지 않는다

누워 있는 자 넘어지지 않는다

물에 뜨는 자 더는 젖지 않는다

고드름과 죽순은 자라는 방향이 다르다

뼈는 뼈답게

넝쿨은 넝쿨답게가 삶이다

짐승은 아파서 운다

슬퍼서 우는 것이 아니다

진리란 진리 속에 있다

꿈도 그렇다.

신의 한 수

만약에

신이 세상을 만들었다면

신은

신이 아니다

신이 만든 세상이

신의 실수였다면

신의 한 수로

신의 본때를 보여주어야

신이 신이다.

겨울비

비가 내린다
저무는 거리
가로등이 흔들리며
어둠이 쌓이는 지상에
회색 비 내린다
하루의 피로가 어깨를 누르며
젖은 바람이 목덜미를 파고드는
늦은 시간에
어제보다 더 낯선 골목 끝으로
녹슨 철사 같은
겨울비 내린다.

달밤

꽃들과 놀던 달빛이
헛발을 딛자
꽃대가
허리를 잡고
휘어지도록 웃는다

달은 천천히
빈 몸이 된다.

백로白露

염천 지나간
공원 벤치에
머리 흰 사람 앉아 있다

풀섶에 내리던 이슬
한 방울
옆으로 튀었나보다

9월의 신비
참,
빠르게 간다.

강이 흐르는

내가 강에 갔을 때
강물은 이미 바다로 갔고
새빨간 꽃들이
강가를 차지하고 있었다

보드라운 바람이
물면을 닦고 있고
참 신비로운 마호가니색이
까치발로 서서
묶여 있는 목선 쪽으로 간다

하구의 실루엣이 증발되면서
웬 사공이
대나무장대로 쪽배를 밀어
거슬러오고 있다
시퍼런 세월이 흐르는 강에

풍경 하나

포구에 국밥집이 있고
집 앞에 트럭이 서 있네
멀리서부터
바다가 까매져오네
가을비 간 뒤
새파란 별들이 창공에 뜨네
시장한 뱃속에서 물소리 나는데
노랗게 구워지는 생선냄새가
파닥파닥 일어나네
쪽문이 열리더니 뽀얀 아줌마가
달걀같이 내다보며 웃네

쓸쓸한 풍경 하나 서 있네.

이슬

바람이
흘린
눈물방울
풀잎 끝 쪼그리고 앉아
아침 햇살에
부신 눈을
깜박이고 있다.

우화羽化

지금 막
유채꽃 허리를 타고 오르는
배추벌레

그리하여
나비야
너의 전생은 저런 거란다.

풀섶에

봄비 그치고
남은 빗물
풀잎에 매달려
떨어지지 못한 채 흔들리고 있다.

나는
차마
그냥 가지 못하고 쳐다만 본다

서로 애틋하여
마주 흘리는 눈물 같다.

눈

눈은

하늘에 피어
지상에 지는
꽃

봄에는 못 피는
하얀
겨울 꽃.

몰래 내리는 눈

사춘기 누나
이불 속 한숨같이
밤눈
내린다

낯선 땅이 두려워
앉다가 떴다가
몰래 앓는 사랑병
첫눈
내린다.

어느 따스한 날

봄바람 부네

연초록

날개 밑으로

피는 꽃

절정의 순간

자지러지네.

아름다운 강

하얀 안개가 강물 따라 흐른다

소리 나지 않게 숲을 씻어서

깊은 골짜기를 따라

천천히

바다로 간다

해는

어느새 산에 올라 서 있다.

드믄 길

눈이 오더니
싸락싸락 하다가
만다

길은
맨몸으로
하얗게 누워
반짝반짝 한다

아무도 오지 않는
숨은 숲길.

썰물

어기찬 바다가

젖먹이처럼
밤새 육지를 빨더니
촐랑촐랑
날물들을 데불고

바다로 가고 있다.

꿈꾸는 그리움

가지 끝에 봄이 앉아

꽃이 핀다

단테, 병태

괴테 곁에 현태가

꿈을 꾼다

프로방스, 샤또 네프 띄 파프

전원 속

몬드라곤 성곽에서

아르데슈 협곡을 건너다보며

샤또 몽블랑을 들이마시는

행복을 꿈꾼다.

힐링데이

바람이 먼저 먼지를 털어내고
구름이 따라가면서 걸레질을 하고
뒤이어 소나기가 물청소를 하더니
얼음물에 건져낸 국수사리같이
매끈하고 보드라운 세상의 맨살에
엷은 햇살 방실방실 한다
아름다운 칠월 세상의 한때—.

이삭줍기

철새가
하늘을 날아
대륙을 건너
갈 데까지 간 곳에
추수 때 떨어진
낟알들이
기다리고 있다.

바람길

초막골은 바람의 길이란다

소녀 같은 봄바람

처녀 같은 여름바람

아지매 같은 가을바람

할매 같은 겨울바람

산새같이 날아서 사슴처럼 뛰어서

청설모이듯 슬금슬금

나들목 바람들이 바람피우는

바람의 길이란다.

꽃

꽃은
연인의 마음
사랑처럼 피어
이별처럼 진다.

겨울 가지에

열매는
외로운 눈물같이
길고 먼 가지 끝에
달랑 혼자
쪼글쪼글 얼어서
눈발 날리는
하늘 속에
빼빼한 겨울을
매달고 있네ㅡ.

군포에서 시베리아까지

겨울 되자

반월호수에 기러기떼 왔다

어디서 왔니/ 새들아

물면을 딛고선 빨간 발목에

시베리아가 묻어 있다

무얼 타고 왔니/ 새들아

하얀 가슴 쭈욱 펴고

프로펠러같은 날개를 흔든다

무얼 하러 왔니/ 새들아

꽃대같이 노란 부리로 꽥꽥

장백산맥 타고 휴전선을 넘어

한 서너 달

반달 호수에 겨울놀이 왔지요.

바람 부는 날

바람 부는 날은 날개가 되어
아무의 몸에라도 매달려
창공으로 솟아야지
산맥을 넘고 바다를 건너
범접할 수 없는 신의 세계로
거침없이 혼을 방목해야지
내 몸이 귀찮아하면
나무나 바위라도 달고
세상의 번뇌라도 달아매고
지구라도 둘러매고
한 마리 싯뻘건 봉황으로
영원 속을 나는
바람 날개 되어야지.

가을앓이

며칠

개울 소리 맑더니

밤이 길어지면서

가을이 산더미처럼 쌓인다

사는 게 흐르는 물이듯 구르는 바람이듯

마음이 허공에 머문다

되돌아 갈 수 없는

존재의 근원적 결핍

불가해한 심중의 요철

비가 오고

세월 굴러가는 소리 들으며

낮은 곳을 향하는 체온

낯선 여행지에 불현 듯 던져지듯

외롭고 아프다.

2부

인생유산

어떻게 살았나
왜 그리 살았나

아무도 묻지 않았다

먹고 자고
그냥 그리 살았다

쉬운 건 아니었다

무얼 얻고
무얼 잃고

그 또한 가타부타다

그럭저럭 즐긴 욕락이 다다.

눈이 새처럼

눈이
새보다 낮게 새보다
짧게 날아서
새처럼 나무에도 앉고
물가에도 앉는다

바람이 불어주면
포르락포르락
옮겨 앉기도 하며

우리의 낯선 도시에
순정 같은 눈이 내린다.

옮겨 다니는 섬

날물에
섬이
바닷가에 앉아 있다

바다는 바다 속으로 가고
남은 갯벌에 주저앉은
섬이
낯선 지상을 물끄러미 보고 있다

들물 때는 섬이고
날물 때는 산이듯 옮겨 다니고 있다.

참을 수 없는 몽상

가령

나는

산이 바다였을 때
바다가 산이었을 때
석탄이 나무였을 때
석유가 해초였을 때

사람 이전의 나는 무엇이었을까
세계 이전의 존재
세상 이전의 삶
가령 나는 누구였을까

마음이 생기기 이전의 사랑과
생각이 존재치 않던 마음은
어떠했을까

인간 이전의 지상엔 누가 살았으며

신 이전의 계시자는 누구였을까

가령

지금의 나는 무엇인가!

달과 설렁탕

풍덩
설렁탕 그릇 속에 빠진
둥근 달
두 손으로 받들어
후루룩 마신다

국물 속에 우러난
달빛이
환하게 뱃속을 밝힌다

기름지게
데워지는 갈비 사이로
달은 천천히 빈 그릇이 된다.

김(海苔)을 위한 향수

까만 바다가
자르르 굽혀
바삭바삭 잔소리를 하면서
혓바닥 좌우로 파도 탄다

물 깊은 내음
싯퍼런 향수가 팔락팔락
더는 마를 수 없는 살결로
반질반질 썹힌다.

유산

'코로나' 맥주를 만든
안토니오 페르난데스*
고향 세르잘데스 델 콘다도
주민 팔십 명 모두에게
이십구억 사천만 원 씩
나눠주고 죽었다
마을 주민 막시미노 산체스는
'안토니오, 안토니오' 했다.

*스페인 출신, 2016년 8월 사망

천의무봉

팔랑팔랑 단풍 한 잎에 산이 눕는다
토닥토닥 알밤 한 톨에 지구가 기운다
가을이 혼자 가지 못하자
바람이 걷어붙인 어깨로 더 세게 밀어준다
출렁이는 숲이 포대기처럼 접히는데
더 넓은 하늘이 펄럭펄럭 풀린다.

세상에서 우화되기

비행기를 타고 하늘에 올라

지상을 내려다봤더니

간간이 구름은 땅에 붙었고

손바닥만 한 세상이

얼룩말 등처럼 보이네

저쯤이 우리들이 사는 곳

지지고 볶고 사랑하고 미워하고

행복이 지천인 곳

참 애틋하게 신비하네

하늘에서 지상을 보지 못했다면

세상의 절반은 몰랐을 터

나는 지금

나비로 우화되어 창공을 나네.

가을이 호수 속에

호수물이
노랗게 물들었다

둑에 선
키 큰 은행나무가
호수 속에 빠져
가을을 앓고 있다

하늘은
멀거니 쳐다만 본다.

설연雪宴

잠든 사이
눈이 와서 세상이 하얗다

깨우지 그랬어

몰래 온 애인처럼
다정하다

소록소록 벌린 품에
쪼옥 소리 나게
하얀 뺨을 빤다.

그때 그렇게 왔다

내가 야근하는 날 눈이 왔다
빼꼼한 창틈을 들여다보면서
자꾸 왔다

나는 하얀 밤을 이태리식으로 보낸다
그때도 나는
창녀를 애인으로 둔적은 없다

뜨락엔
잎 진 가문비나무가 삐쭉 서 있고
맑은 어둠에 등을 기댄 채
기다렸다

뽀드득뽀드득
그녀의 발목에 밟히며
밤새 눈이 왔다.

그리움 깨우기

눈 오시면
오시면서 춤을 추면
좋겠다
온 하늘이 무너져 펑펑펑
쏟아지면 좋겠다
자꾸 오셔서
노랗게 찌들은 세상을 보듬어
포근히 감싸주면 좋겠다
숲에 잠자는 새들 토닥토닥
꿈 깨지 아니하게
바람 없이 오시면 좋겠다
까맣게 잊은 그리움이
소복소복
하얀 발끝으로 오시면 좋겠다.

염천에 염전을 바라보다

　반짝이는 소금을 봅니다

　백색 햇살에 유리알 같이 빛나는 왕소금을 밀대로 밀고
다니는 늙은 염부의 주름진 얼굴에서 뚝뚝 소리 나게 굵은
땀방울이 떨어집니다

　고결한 아름다움이 저런 것인가요 판유리 같은 소금물이
쩍쩍 갈라지면서 염도가 높아갑니다

　햇빛은 칼날 같이 번쩍이며 날아가는 수분을 베어내고
한사코 말라가는 정제들은 하얗게 바래지고 있습니다

　이따금 바람이 불어오더니 뙤약볕에 부딪혀 신기루를
만들며 세상의 한복판에 하얀 피를 거두어갑니다.

　내 생애 또 하나의 낯선 감동을 만납니다

　울렁이는 마음에 한 줌 소금을 뿌립니다

　이제부터 싱겁다 짜다 하지 않겠습니다.

사립문

곰삭은 싸리울타리
성긴 대궁 사이로
까만 쥐똥들이 말라붙어
달랑인다
춘하추동을 몇 번이나 여닫았는지
헐렁이는 틈으로
황소바람이 대가리를 디밀며
낡은 추억을 건드리고 있다.

새벽이란

새벽이란 깨어나는 것이다

날마다 새롭게 일어나는 것이다

새벽에 일어나지 않는 게 있더냐

날마다 새롭지 않은 새벽 있더냐

나무도 꽃도 새도 이웃집 아기도

지상의 그 누구라도 날마다 다시금

새롭게 깨는 게 새벽이란 것이다

죽은 자는 깨어나지 않는다 오직

산 자의 새벽만이 일어나는 것이다.

봄이

저 봐
초록이
급물살로
놀란 뱀처럼
대가리를 쳐들고
골목 끝 돌 틈으로
달려들고 있잖아요.

눈 내리는 공원

눈 오는 공원에

나무의자 혼자

바짝 마른 4개의 목발로

촘촘히 쌓이는 눈의 무게를 감당한다

혹여 앉아볼까 해도

간신히 버티는 외로운 자태가 무너질까 하여

잠시 머뭇거리다가

누가 발밑에 뽀도독 소리를 내고

눈은 내리고 눈에 깔린 낙엽들이 매끄럽게

걸음을 잡아준다

외로운 날은 쓸쓸해지는 법

대낮이 밤처럼 고요하다.

신비한 구월이

TV 속

남극에 눈 내리고

노랗게 국화 피는데

파카를 둘러 쓴 사내가 라면을 끓인다

팔월과 시월 사이에 구월이

지지 못한 꽃들에게

꼬박 하룻밤 사이 날개를 달아준다

청유리 같은 하늘 가운데

슬금슬금 지나가는 부운浮雲들

추억이라는 것이

삶의 멀미를 다독다독해준다.

우리들 한때

양털 같은 눈(雪)이
지상의 맨몸에 옷을 입힌다
나이 많은 산은
대가리가 허얘지고
외로움에 길어지는 가로수
빼빼한 모가지에
하얀 목도리를 감아주는
세상의 겨울
친구와 나는 고기를 구워
추억이 씹히도록 술을 마신다.

겨울 꼴라쥬

삼척역 겨울 밤

여객 없는 대합실에 앉아

기차는 언제쯤 올려나 기다린다

건너편 국밥집이 소등한 후

눈이 내린다

회색으로 깊어진 허공 아래로

싸락싸락

그 시절 탄광이

숱하게 남긴 퇴물들을 껴안고 쌓인다

인적 없는데

빈 택시 한 대가 불을 켠 채 기다리고

굴다리 밑으로 지나던 바람이

모서리에 서 있던 베니다 판때기를

덜컹덜컹 흔들고

어디서 들려오는지 딸랑딸랑

녹슨 워낭소리가 정적을 깨우고 있다

기차는 언제 올려나

하얀 눈 속

까맣게 기다리고 있는데ー.

내가 시를 쓰는 이유
— 첫 시

개골창 쩡돌 틈에
들찔레 피었다
뭉글뭉글 하얀 꽃
흐드러지게 피었다

처음 써본 시
중3때 국어숙제
무엇에게나
처음이란 게 있고
'너 시인되겠다.' 해주신
선생님의 칭찬 한마디
그래서 난 시를 쓰게 되었다.

석류

석류에게
석류야 하고 불렀다
햇살이 정오를 지나가며
빙그레
따라 웃는 자주색 잇빨에
보석처럼 부딪힌다
반짝반짝
잇몸까지 말랑하게 익어가는
팔월 하순쯤―.

내장 세탁하기

술을 마신다

물을 마신다

사이다를 마신다

까닭은

술은 구토로

물은 오줌으로

사이다는 트림으로 나오는데

끝끝내

시커먼 내장은 씻기질 않는다.

날아가는 배

하얀 돛배
파란 바다
나비처럼
팔랑팔랑 간다

청운의 꿈
우아한 물결
물새처럼 날아간다.

시, 잡히지 않는 낭만적 사유

산기産氣가 온다
볼펜 끝에 산통이 커진다

순산하거라
낭만적 사유와 그 후의 잡념

돌아오지 않는 명상이
건너편 숲으로 사라진다

시詩다.

오아시스

사막으로 갔다

세월 하나 달랑 등짐으로 지고

타클라마칸의 사파沙波 속으로

빨간 맨발로 모래알을 밟으며 갔다

낮에는 불타듯

밤에는 얼음이듯

다시는 돌아올 수 없는 타클라마칸

거만한 삶을 버리고

사악한 세상을 저버린 채

달랑 생명 한 톨 떠메고

사막 속 푸른 호수를 찾아갔다

오아시스는 신기루였다.

타클라마칸: 중앙아시아 실크로드 중심. 위그르어로 들어가면 나올 수 없는
　　　　　길을 의미함.

별빛은 떨어져 어디로 갔나

별이 떨어지면서
싼 똥이
별똥별이다

내가 빌린 지상의
방 한 칸
그날 즈음 되돌려주고
별빛 하나
사선을 그으며
저리되듯
그렇게 나도ㅡ.

겨울 고독

빼빼한 갈대숲에

멧새 한 쌍이 겨울나기를 하고 있다

날마다

듬성듬성해지는 갈대꽃과

포르락포르락 숨바꼭질하더니

하얀 눈이 내리며

삭풍이 불던 밤

녀석 한 놈이 어디로 갔는지

남은 혼자가

새빨갛게 언 발목으로

꺾어지려는 갈대를 붙잡고

새파란 동공을 굴리며 도리질하고 있다

아직도 겨울은 남았고

언제쯤 봄이 올는지

눈 속에 묻힌 둥지 털어

신방을 차릴 수 있을지―

산책을 멈추고 가슴을 안는다.

창공의 돛배처럼

가을 속 기러기 떼

하늘이 천천히
저들을 밀고 간다

한 떼기 동토로
파도를 헤치듯
구름을 제끼며

긴긴 실루엣 줄줄이 간다.

겨울 꽃

아파트 계단에 국화분 하나가
노란 햇빛 아래 실눈으로 졸고 있다
보지 않을 걸 본 것 같다
겨울 깊고
비라도 뿌리면…
저 꽃
누가 보듬어 옮겨줄 것인가
한 해의 그믐이 코앞까지 와서
쳐다보지도 않고 스쳐가려한다
산다는 것이 참 속절없음을
깨닫게 한다
꽃이
간신히 간절을 보이며
고개 숙여
간들간들 노랗게 졸고 있다.

잠 못 이루게

세월이 총알처럼 날아가고
탄피 같은 껍데기 녹 드네
천지에 사라지지 않음이 있으랴
자정을 넘긴 세상의 머리맡에
희끄무레 새벽이 걸어오고 있네.

가을에 묻다

둘…
하나…
잎들이 지는데
나는 무얼 해야 하는지 몰라서
목을 젖히고 가을에게 묻는다

바람을 불게 하라

겨울이 어디쯤 왔는지 알려다오.

겨울이야기

가지 끝에 말라붙은
갈잎 하나가
눈 맞아 얼고 있네
이제 봄이 오거든
티눈 젖은 자리를
새순에게 내주고
겨우내 지켜낸 사연
바람에 묻겠네.

바람이다

세상은 바람이다
너도 나도 바람이다
산다는 게 바람이다
바람이 바람을 만나
바람이 되는 게 바람이다
바람만이 바람이 아니다
천지 만물이 바람이다.

눈을 치우며

잎은 지고
열매만 빨갛게 남은
겨울나무에
하얀 눈이 소복이 쌓였다
하현달도 지고
초롱초롱해지는 별들이
잠든 산을 깨우는
새벽
절 마당을 쓸어내는 싸리비 끝에
마당을 기어 나온 목탁소리가 탁탁
휘어지면서 튕겨지고 있다.

새파란 산책

개울 옆 언덕
언덕 옆 오솔길
오솔길 옆 울타리에
꽃이 핀
4월 봄날
새로 산 운동화를 반듯하게 신고
이른 아침을 걷는데
잠깨는 새들의 노래가
새파랗게 문질러주네.

이상한 게 아니다

나는 지금 생각한다
생각하면서 생각 안 한다

나는 지금 고민한다
고민하면서 고민 안 한다

이상하다
마음도 맘대로 되지 않는다

이래서 세상이 어수선한가 보다.

잘 못 쓴 시

시도

말처럼

잘 못 쓴 시가

더 애틋하여

고치고 다듬고 토닥거려

혹 남이 볼까

마음 깊이 감춘다

고백 못 한

사랑처럼

가슴팍이 달달하게 아린다.

도시의 숲

여기

아파트 이전에 살던 나무들은

어디로 갔을까

아마 동쪽으로 갔거나

난폭한 포크레인에 뿌리째 뽑혀

폭염아래 시들시들했거나

꽃이 필 때도, 매미가 울 때도

오늘처럼 폭설이 쏟아질 때도

해체된 나무들은

숲을 떠나서 어디로 갔을까

여기

빌딩들이 도시의 숲을 이루기 이전

유유하게 흐르던 냇물은 이미

바닷물이 됐거나 그렇겠지

상전벽해는 사람의 일만 아니다

바람이 분다

바람이 불지 않을 때도 마천루는

우우우 숲으로 일어서 운다.

사이가 궁금하다

밤사이
무슨 일이 있었나
뿔테안경을 끼고
조간신문 행간을 빠뜨리지 않고 본다

사이는 틈만큼 궁금하다
틈 안에는 엿보고 싶은 유혹이 존재한다
유혹은 딴 짓을 유도한다.

여우비 오는 날

날이 흐리더니
찻잔에 빗방울 하나가
톡!
유리잔 손잡이가 새파래지며
신록에게 손을 흔든다

비는 소리를 담았고
소리는 물을 튕긴다

세월이 가장 싱싱한 날
몸이 간지러워 집에 있지 못하고
정오를 지나 오후로 가는데
문득 여우비 온다
찻집 테라스를 나와 약국을 거쳐
쏟아지는 비
호밀빵처럼 빠르게 부푸는 가슴팍.

꽃길

꽃 핀다
피는 꽃 옆에 또
핀다

자꾸 피더니 꽃밭이 된다

삶이 외로운 날

꽃이
색맹인 내게
색을 보게 한다.

대춘부 大春附

밤늦게
복사꽃 피는지

향 묻은 바람이
솔솔솔
귀밑에 분다

사박 사박 사박
봄소리 들린다.

조선소가 있는 밤풍경

바닷물은 바다로 돌아가고
거만한 항구 시커먼 등 뒤로
해바라기 같은 가로등 켜진다
조선소 철문이 쇳소리로 닫히며
찌든 가방을 걸머진 어깨들이
숙이고 지나가는 노점상 앞에서
교미 중인 암캐의 신음소리 잦아진다
불가해한 관계는 이것만이 아니다
근원적 결핍이 출렁이는 뒷거리
낯선 여행자들의 번득이는 시선과
본능적으로 찬란해지는 욕망의 밤
늙은 좌판에 쭈그리고 마시는 소주
자기 몸이 자기 몸으로 기어들게 하는데
어둠 속에 거대하게 구겨 앉은 공작소
인생엔 항법이 없음을 예언하고 있다.

고요한 밤

흰나비 발레하듯
명주포 겹쳐 앉듯
눈이 내린다

앙금 같은 순정들이
손님으로 찾아와서
우리네 낯선 도시에
그리웁게 쌓인다.

자기야

자기야
우리
코티카나발루로 가서
낮이고 밤이고
바다하고 놀다가
눈물 한 방울
보태주고 오자.

국화 옆에서

문풍지가 운다

열린 돌 틈으로
눈먼 새들이 날아간다

나는 결코
저들을 바로 보지 않으련다

붕어빵이 굽히는 늦은 저녁
바람이 지나가면서
빵값이 적힌 계산서를 흔든다

노란색이 지천인 세상
국화분이 줄지어
계단 밑 가판대에 앉았다.

이런 날
— 혼술

바람 불고
술을 마신다

어두워지며
새가 운다

베레모를 쓴 사내
가을비 젖고

삐딱한 골목
불이 켜진다

세상은 춥고
모가지에 지퍼를 채웠는데
빈 내장 속에서 물소리 샌다

네가 없어

흔들리는 날

세상 문밖을 쳐다보며

꺼억꺼억

혼술 마신다.

겨울 밤 산사에

늙은 종소리
쇳물을 끓이며 운다

굽은 밤
깊은 산 등줄기를
기어오르며 운다

산발한 어둠 속을 휘젓는
녹슨 소리

골짜기가 턱턱 갈라지도록
인경이 운다.

은자의 시대

숨어 산다고 은자가 아니다
은자가 사는 곳이 산골만 아니다
천 년이 가고 또 천 년이 가도
은자의 세계는 마음속에 있고
침묵이 언어일 때에 은자가 된다.

홍시

가지 끝
홍시
빨간 신호등 켜고

아직은
겨울이 건너오지 못하게

가을을
지키고 있다.

구월의 신비

구월이
팔월과 시월 사이에
임시 천막을 친다

아직은 덥고
무시로
비구름 들락이는데
가을이 긴 줄을 걸어
썰렁한 체온을 말리고 있다

이참에
세상의 입술에
황색 립스틱을 발라
팔랑이게 한다.

짝사랑

시를 쓰면서 시에게 묻는다

시야

너도

나를 사랑하니

사랑은 받는 것보다

사랑을 하는 것이 행복하다는데

시야 너도 내게

그런 사랑해주면

아니 되겠니.

적요를 깨우며

톡
톡톡
가늘고 길게

계절의 틈으로

가을비 내린다.

3부

부탁

가을이 오신다고 하기에
초저녁 공원에 나갔더니
하늘에서 떨어지는 별빛들이
지상의 숲으로 쏟아지고 있다
머잖아 이곳에 겨울이 오시면
두 손을 모두어 악수를 청하고
봄이 어서 오시게 힘 써달라 한다.

겨울로 가는 길

춥다

겨울 같다

시월인데

나이 탓인가

다행히 무사하다

깨달음보다 느낌이 정직하다

눈이 올라나

구름 어는 소리 들린다.

냇물 건너기

건너지 못하면 어떻게 될까

건너야 하는데

냇물이 흐르고

우리의 삶에는 건너야 할 고비가 있고

청춘처럼

가을에서 겨울처럼

살아내야 할 아린 시기가 있다

물속을 들여다본다

참 정갈하다

덥지도 춥지도 않은데 들어서지 못하고

처음 만난 경험처럼

머뭇머뭇 낯설어 하는데

물은

안중에도 없이 홀로 가고 있다

우리의 삶이

세월 앞에서 그렇듯이―.

꿈꾸는 회고록

10대는 보나파르트 나폴레옹이었다
나의 사전에는 불가능이 없다

20대는 의사 안중근이었다
책을 읽지 않으면 입에 가시가 돋는다

30대는 윌리엄 셰익스피어였다
사느냐 죽느냐 그것이 문제였다

40대는 이순신 장군이었다
한산섬 밝은 달에 수루에 혼자 앉아

50대는 세종대왕이었다
어진 백성들을 어여삐 여겨

60대는 시인 윤동주였다
하늘을 우러러 한 점 부끄럼 없기를

〈

70대의 나는…,

몸으로 듣는 소리

촛불을 켜두고
눈 내리는 소리를 듣는다
곁에서 잠든 아내
곤한 기지개를 켜는데
바람이 부는지
창에 닿는 눈이 빗금을 그으며
흔들어 녹는다
머뭇거리지도 않고
눈 속으로 떨어지는 기온

하늘과 땅이 소곤거리고 있다.

무념

하늘 끄트머리가
저물면서
한패거리 기러기 떼 날고 있다

새들의 날갯짓이 초월자의 눈썹 같다

저들은 우리와 다를 것이며
지금 막 피고 있는 들국화에 무심할 것이다

길 건너 폐차장에서
늙은 자동차가 쾅쾅
쉰소리로 부서지는데

내가 부엌에서 끓이는 김치찌개
혹 넘치지 않을까
얼른 눈을 거두어
가을 하늘에 떠돌던 마음을 찾아온다.

만추

해가
중천인데
잎들이
불을 켜고 있구나

바람들이 다투는 붉은 물결
출렁출렁 겨울로 가는
가을이 항해를 하고 있구나.

가을이 가도록

바람이 덜덜 산을 볶더니
부글부글 끓어오르는 단풍들이
철철 넘쳐흘러서
천지가 시뻘겋게 불타고 있다
세상사 일체유심조라 하더니
가을은 내가 가자는 곳으로 안 가고
겨울로 가는 마차를 타고 있다
사람을 살아가게 하는 건
아름다운 풍광도 그중 하나다
가을은 가도 마음 속 저들은
머뭇거리고 있다.

환각의 나비

아르헨티나 패티랠리 호수를 본다
직접이 아니라 TV에서 본다

방년 90세 샤롤 에즈라브로의 샹송이
거실 가운데 장미꽃처럼 널부러진다

적막이 세상의 입을 모두 틀어막아 고요한데
어제 그 시각 정확하게 가로등이 켜진다

그때 내 몸은 석탄을 캐내는 도구였고
마음의 고통은 지하 일천 미터에서도
잠들지 않았다

평생 좋아하는 걸 해보지 못했다

세상은 내가 가자는 곳으로 따라오지 않았고
지루한 일상이 인생을 만드는지 몰랐다

〈

하늘이 맑아져 무수한 별들이 뜨고
하나를 칭찬할 수 없게 모두가 아름답다

삶을 꿈꾸게 하는 건 젊음만이 아니다

하늘도 바람도 언제나 똑같지 않고
환상은 꿈이 아니라 꿈꿀 수 없을 때의 꿈이다.

욕망이라는 이름으로

가을이 다 가지 못한 채 눈이 내린다

11월 어느 날

욕망을 비워낸 마음에
풍경 몇 개 손잡고 지나간다

욕망 없는 삶은 삶이 아니라는데
생의 첫 순간 탐욕이
어디로 가겠는가

세상에서 가장 따뜻한 곳은
장소가 아니라 마음속이다
생각도 그렇다

상선上善은 무심이다
새우잠을 자면서도 고래꿈을 꾸고

교만과 구차함을 이겨내는 게 인격이다

실눈이 내리더니 그친다
산다는 것은 속을 비워내는 것
스스로를 이기는 건
욕망을 버릴 때만 가능하다.

참을 수 없는 일상의 밤

달이 조금씩 커지고

커지면서 모양도 달라지고

눈썹 같더니

벚꽃이 무성한 밤에는

쟁반 같이 커다랗게

넓은 하늘을 가로질러

산을 넘고 있다

밤이 낮만큼 밝아서

세상이 좀 더 야시시해졌다.

길에 묻다

길은 길일지라도
나에게 길은
내가 다닐 때만 길이더라

술이 술일지라도
마시고 취하지 않으면
술이 아니어라

사랑도 그렇고, 세상사 그렇더라
여기서 살면 이세상이고
저기서 죽으면 저세상이더라

길은 도리다. 그럴까요?

안개지대

언 산이 풀리며

발치의 골짜기로부터

언 강이 녹으며

하류의 갈대밭으로부터

언 땅이 포근해지며

눈꼬리 흰자위가 따뜻해지네

젖은 숨소리처럼

손수건을 흔들며

하얀 몸으로 온다.

그곳에 갔더니

제주도 갔더니
바다냄새가 나데

집집마다 생선이 굽히고
겨울인데 유채꽃이 피는 건
순전히 바다 탓이라 하데

그곳에도 물은 바다로 가고
울퉁불퉁한 돌담 틈으로
낯선 말씨들이 들락이데

나무들이 울창한 숲을 만들고—,

배를 타거나 비행기로 온 사람들의
눈알이 사방으로 돌아다니데—.

폭포 곁에서

싯퍼런 강물이
절벽을 뛰어내리런다
허연 거품을 물고
질겁하여 튀어 오르는 물보라가
황홀한 무지개를
목줄에 걸어준다
꽉 찬 쳇증이
항문까지 직하한다
어ㅡ 시원타ㅡ!

봄밤을 걷다

하늘이 반짝인다

꽃핀

봄밤에

세상의 껍질이 반질반질하다

시절이 그래서 그런지

서러울 일 없는데

발이 푹푹 빠지게 눈물 난다

지상이 나를

언제까지 걷게 해줄까를

자꾸 물으며 걷는다.

공원 곁에서

여름 가고 가을은 잠시

겨울이 와서 짐을 부리네

이들이 이리 쉽게 들락거리는 동안

나는 손님처럼

변색하는 둘레길 돌면서

한 해를 보내네

세상 가운데의 사람들과

세상 바깥의 나는

사는 게 다르네

신새벽에 일어나

약수터 물꼭지를 트는데

어느새 꽁꽁 겨울이 얼었네.

오래된 밤에

늙은 갈비뼈 사이로

바람소리

강물소리

십이월 깊은 밤

이런 밤 우리 할매는

호롱불 켜두고 이를 잡았고

나는 춘향전을 소리 내어 읽었지

세월이 아득하다한들

추억만하겠는가

솜이불에 덮인 막걸리가 구들목에 익고

담뱃대를 터는 놋재떨이 소리가 마당을 건너올 때

싯퍼런 댓잎 그림자가

벌어진 문풍지에 어른거린다

마실 나간 아버지는 여태 돌아오지 않고

군불을 돌보던 어머니가 이따금 졸던 밤

그렇게 그때로

아련하게 가본다.

거꾸로 선 붉은 노을

머언 수평선

바다의 끝이 어디고
하늘의 시작이 어디인지
다만 아득할 뿐이다

눈 한번 감았다 뜨는데

언제 왔는지
노을이
수평선을 잡아당기고 있다

얇은 파도가
물면을 닦아대며
수심水深을 벌겋게 보여주고 있다.

오월 달빛에 일어난 오해

보름달 뜨자

뱃속 강물이 출렁출렁하기에

혼자 마시던 술 두고

키 큰 보리밭

깊은 고랑에 희부옇게 앉는다

꽃 질 때 떨어진 달덩이가

이제사 발정을 하는지

넓적다리 부근이 근질근질해진다

그리하여

천하가 휘황한 달빛 아래

고래등 같은 이랑을 깔고 앉아

큰변 보는데

여차하면

달빛 한 자락

뚝 따서 밑닦개를 할 거다.

현충일 아침에

아침 산책하는데

긴 그림자가 고개를 숙이고 따라온다

아직은 아무도

태극기를 게양치 않은 골목을 지나

숲속 연두색들이

앞서거니 뒤서거니 하는데

초등학교 정문 위에 걸어둔 현수막에

산까치 한 마리가 올라 앉아

'순국선열'이라는 글자들을

바로세우고 있다

금색 햇살 그물처럼 끌어올리는

불룩한 신록의 아침

누가 스쳐가든 무엇을 밟고 가든

개의치 않는 화평한 시간

고운님들이 물려준 숲길을

묵념하는 행자처럼

촉촉한 마음 더욱 숙이고 걷네.

세상의 한때

다만 아득할 뿐이다

잠시가
여기란다

노을이 참 붉다
빵빵거리는 차들

바쁘다는 건
삶이 발광하는 것

청춘이란
가장 빠른 삶의 헛발질

세상의 한때가
인생이란 것이다.

지상의 안개

젖은 강가에 아침안개가
하늘에 못 오른 구름 같이
창공에 못 나는 날개 같이
덜 자란 소년의 희망 같이
꿈꾸는 청춘의 몽롱 같이
건너편 강변의 쪽배 같이
반대편 언덕의 훈풍 같이
맹랑한 인생사 허물들이
늙은 생각을 혼몽하게 흔든다.

고목에 기대보기

천년 묵은 나무가 길에 서서
지나가는 사람들을 쳐다보고 있다
열 세기를 지켜본 인간사를, 어찌
제대로 기억하는지
혹 잊고 사는지
묵묵부답 의연하게 서있다
비바람 불기에 기대어봤더니, 그리하여
수많은 세월이 들락인 몸통으로
쿵쾅쿵쾅 골병든 신음, 거칠게 내쉰다
이리하여, 내가
사람으로 산 칠십 년이 구차해진다.

노을 아래

해가

자주색 이불을 덮고

잠자리에 드는지

불콰한 노을이 서쪽 하늘에 쌓인다

지상의 하루가 저물 무렵

성당 앞에서

제복 입은 여인이 우두커니 서서

신호등 건너는 아이들을 지켜본다

건너편 아파트 벽에 가로로 걸려

바람 불때마다 아우성인 현수막 아래로

집에 가는 발걸음들이 분주할 때

골목에서 기어 나온 땅거미

스물스물 세상을 끌어앉고 있다.

겨울 미소

새파랗게 언 가지 끝
달랑
은행 알 두 개
삼동의 하늘 속
우리 할매 미소가
쪼글쪼글
세상의 신비를
달랑달랑 달고 있다.

가고 있다

밤 깊은데
산에서 기어 나온 개울이
새까만 비닐처럼
팔락팔락
강으로 가고 있다
강에 모인 물들이
도시의 가운데를 지나가며
가로등 불빛에게
손 흔들어 바다로 가고 있다.

왜 그래

철새 떼가

하늘의 비늘처럼

어두워지는 노을 한 쪽을

홑이불처럼 끌어당겨 세상을 덮는다

새들은 사라지고

어둠이 지상으로 떨어지고 있다.

집에 가는 나는 신호등에 서 있다.

길을 위해서

오는 길과 가는 길이
다르기도 같기도 해서
그는 가고 나는 온다
그가 올 때
내가 가기도 한다
일방통행은 길이 아니다.

눈 내리는 호수

눈이
내려서
지상의 얼굴에
하얀 밀랍을 씌우는데

호수 혼자
새파란 눈을 뜨고
빼꼼하게 쳐다본다.

옮겨 앉는 산

눈이 내리는데
길이 사라진다

비행기를 타고 온 외지인이
카드를 긁어
지구를 털어간다

겨울바람 크게 불더니
산이 북극 쪽으로 옮겨 앉는다.

따뜻한 냉수

나는 경상도 촌놈이고
냉수는 차다
냉수에게도 온도가 있다

얼지 않은 냉수는
얼음보다 따뜻하다

서울 와서 처음 쓴 서울말은
"아주머니 따뜻한 냉수 한 잔 주세요." 였다.

물레방아

옛날 옛날에는
도랑물이 물레를 돌리면
방아가 헐레벌떡 일어나서 앉았다 섰다
낱알을 찧었지
세상사 물레처럼 돌고 돌아
남녀의 속옷도 벗겨 주고
곡식들의 속살도 보여주고
물레가 물을, 물이 물레를 안고
빙글빙글 돌아가던 호시절이 있었지—.

호수

바다로 가다가
남은 물이
호수다

스스로 맑아지면서 새파래진다

젖지 않는 그림들이 지나간다.

동행

세월이 가다가
빨강에 걸렸다

가지 못하고
사람들 선다

파랑이 켜지고
세월과 사람이 함께 건넌다

그리고 무심히 간다.

봄 오시는 길목

창틈으로 손가락을 밀었더니
손톱 끝에
부싯돌 치듯 햇살이 튕긴다
반짝반짝
건너편 유리창에 부딪쳐
꽃밭으로 피는
골목의 아침ㅡ.

제주의 4월에

유채꽃 만발한
돌담과 돌담 사이로

영롱한 시간의 점멸
구름에 해 가듯 하는데
관광 온 사람들이
셀카를 들이대고 꽃을 찍는다

사월이
한라산 중턱쯤을
밋밋하게 기어오르는 오후.

인간의 덫

내가 공원에 들자

영역을 지키려는 까치들이

도전태세를 취한다

발톱을 세우고 꼬리를 흔들며

가지 사이를 오르내리며

물러나라 소리친다

저들도

내가 인간인줄 알고

전투를 청하나보다.

서러운 풍경

눈 내리는 겨울 강에
납작한 잎 하나
하얀 눈을 소복이 이고
하구로 가고 있다

종이배 같기도
떠도는 섬이거나 눈물 같기도

무명수건 쓰시고
들녘의 겨울을 건너오시던
우리 어머니

눈이 오시며
강에는 쌓이지 않고
잎에만 쌓인다.

옹달샘

물의 씨앗이로구나

물의 처음이로구나

이 물

옛 물이 아니라

언제나 새 물이로구나

순환으로 거듭거듭 사는 구나

지상의 별이듯

창공의 별들과 친구가 되는구나

신비하구나—.

지상의 미소

달님이
달빛으로
골목을 비추고 있는데
미사를 마치고 나오는 신도들에게
배꼽인사를 하고 있는
수녀님의 미소가
달덩이 같다.

초등 동창회

우리가 만나는 장소가 고향이고
우리가 모이는 날이 동창회다
우리가 나누는 이야기가 고향이고
우리가 살아 온 삶들이 역사이고
우리가 놀았던 비밀들이 소설이고
우리가 마시는 술이 시냇물이고
우리가 먹는 음식이 산천이더라ㅡ.

혼돈을 정리하다

그리고 몇 년 뒤
노스트라다무스가 불현듯 찾아왔다
아파트 벽 게양대에는 황금빛이 걸려
모서리가 휘어지도록 펄럭이고
비뚤어진 세상의 시선이 자세를 고쳐 잡으며
구불텅한 골목 안을 은밀히 엿보는데
진정성이 결여된 자동차 소음이 질주할 때
새는 날개로 비웃으며
공동체의 지혜가 바닥에 와있음을 감지하고
비거리를 조정하느라 고개를 까닥이고 있다
역사란 무엇인가로
수년을 감찰당하고 있는 C 교수의 콧잔등에
나비 같은 봄볕이 위태롭게 앉아 있다
숲은 땅에서 공중에로 솟아가고
벽돌을 그리던 물감들이 촛불에 부딪혀
접시 기슭에 말라붙었는데
누군들 그리 쉽게 사랑할 수 있겠나?

경주의 지진이 다시 일어나지 않을지는
보통 사람의 눈치로는 짐작되지 않는다
단색의 색명들이 사선의 화살처럼 꽂히는
선거판 마을
사람들은 사람 알기를 우습게 여기고
정치에 관심 없다 해 놓고—그 놈들—
그리하여
자화상을 그려가던 이상한 논리들이
씀뻑이는 눈으로 우주의 이목을 두려워 할 즈음
빨간 것이 샛빨강을 멍청하게 쳐다보는/ 오후/
노스트라다무스가 불현듯 볼떼기를 친다
씨 잇 빨 누가 되나 보자—?

희희낙락의 이유

살아보니 유별 아니라서 그런다
사랑해 보니 별게 아니라서 그런다
부와 명예 출세라는 게
별반 아니라서 그런다
인생 느지막엔 알게 된다
종심소욕불유구라 하지만/ 그래서
그런 건 아니다/ 외로워서 그런다
눈치 보는 세상사
입까지 다물고 살라 해서
늙어 억울하고/ 세월이 섭섭해서 그런다.

환영 1

강가에

낮은 무지개

가락지처럼 떠 있다

그리하여

맑고

투명한 강물

젖은 손가락에 걸린다.

햇빛 푸르른 날에

와이셔츠 두어 장 빨아 하늘에 걸어둔다

하얀 구름 두어 쪽 팔랑팔랑 말라간다

빳빳해지는 결기에

지나가던 햇빛이

새파랗게 베인다

찌들게 묻어둔 마음 꺼내어

치대고 헹구어 세상 문에 걸어 본다.

완전한 매혹

곧은 고염나무가

옷 벗은

여인의 알몸처럼

진홍색 젖꼭지 두어 개 달랑달랑 매달고

늦은 가을 햇빛에

몰랑몰랑 익어가고 있다

호! 고! 참!

낙엽의 배려

낙엽이 떨어지며
엉덩이를
두세 번 흔드는 것은

가냘픈 자기 한 몸일지라도
대지의 짐됨을
미안히 여기기 때문이다

배려란 그런 것이다.

12월의 명상

고요하다

침묵이

말의 무게를 감당하느라 끙끙댄다

환상은 현상으로 표현되지 않는다

절정과 전율이 복합해서 온다

찻잔 속에 빠진 하늘이

몽상의 눈을 끌고 다닌다

마음의 집에

문고리를 잡아 쥐고 열었다 닫았다 하는

12월

까맣게 시를 써서 바람에 부친다.

버거운 것은 너만이 아니다

어항 속

금붕어가

입을 벌리고 뻐끔인다

물속에서도 목이 마른 모양이다

바람 속

나무들이

목을 빼들고 헉헉인다

숲 속에서도 숨이 가쁜 모양이다

삶이란 누구도 버거운 모양이다.

늦은 봄날에

민들레 홀씨가
햇빛을 양산처럼 들고
바람에 달려
깡충깡충
봄나들이 간다.

옹달샘

부드러운 여름

안개 속 새벽

세상의 아침이 문을 연다

몰래온 바람이

아무도 만나지 않은 시간 속에

입을 넣고

키스하듯 샘을 마신다

인간과 물이

하나의 숲이 된다.

봉선화

직선으로 달려 온 80년

분홍 물집에 잡혀

도담 아래 쪼그리고

똑 똑 똑

소리 내며 터지는 누나.

알바트로스의 날개

집채만 한 빙산이 항해를 한다
바다가 쩍쩍 할복 당한다
대양의 깊이와 넓이를 가늠하는
알바트로스 날개가 공중을 선회한다
물면에 닿을 듯 말 듯 은빛 소리
활화산처럼 푸른 꿈 솟구친다
신비의 세계를 생명의 여유에 매달고
두 날개로 들어 올리는 우주의 자유가
인간의 세계를 황홀케 한다.

마음의 집

ⓒ2017 박현태

초판인쇄 _ 2017년 6월 23일

초판발행 _ 2017년 6월 28일

지은이 _ 박현태

발행인 _ 홍순창

발행처 _ 토담미디어

서울 종로구 돈화문로 94(와룡동) 동원빌딩 302호

전화 02-2271-3335

팩스 0505-365-7845

출판등록 제2-3835호(2003년 8월 23일)

홈페이지 www.todammedia.com

편집미술 _ 김연숙

ISBN 979-11-86129-74-6